Pour ce tome 1 des « Petits géants »,
J'ai eu envie de raconter une histoire inspirante
dans laquelle Nestor, entouré d'une famille aimante,
se sent libre d'être comme il l'entend, créatif et coloré.

Mon cœur de maman souhaite que tous les enfants
puissent explorer, s'émerveiller et s'épanouir
selon leurs préférences et leurs centres d'intérêt,
sans être catégorisés. J'espère que plusieurs
petits géants qui se sentent différents trouveront
du réconfort dans ce doux récit.

Eli, Marcus, je vous aime.

Maman xx

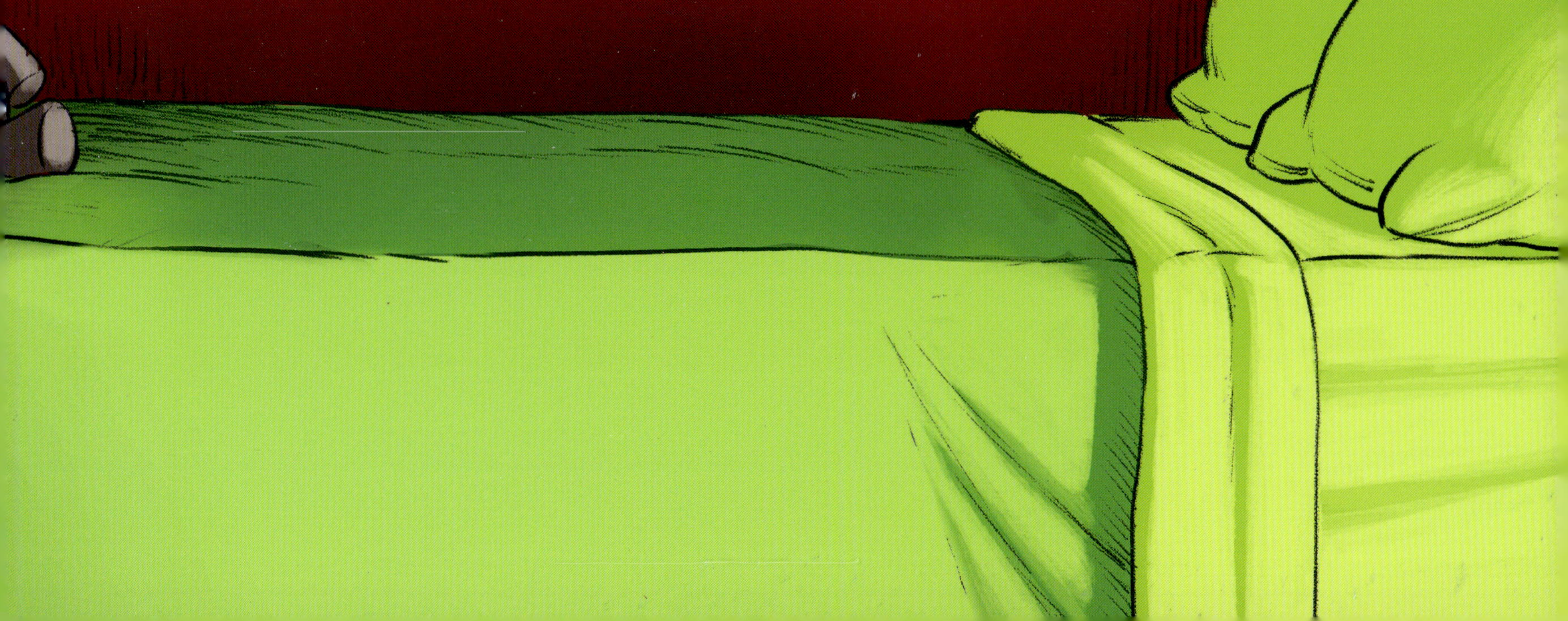

Kennes
Éditeur
de coups de cœur

Retrouvez-nous sur www.kenneseditions.com

Rejoignez-nous sur notre page Facebook : www.facebook.com/KennesEditions

Suivez-nous sur notre compte Instagram : kenneseditions

Publié avec les autorisations des Éditions Boomerang inc.,
Québec, Canada

Rue de la Blanche Borne 15
6280 Gerpinnes (Loverval) – Belgique

Dépôt légal : juin 2021 | D/2021/13.105/97
ISBN 978-2-3807-5426-1 | NUART 59-1879-0

Impression : Delabie-Lesaffre – Belgique

Petits géants

Le cœur rouge et or de Nestor

Renee Wilkin
Annie Boulanger

Kennes
Jeunesse

L'anniversaire de Nestor arrive à grands pas.

Six dodos, six ans, six invités…
soit un ami de plus que l'an dernier.

Nestor se demande s'il pourra inviter
178 amis pour son anniversaire lorsqu'il
aura l'âge de sa grand-maman Lucille.

Mmmm, c'est peut-être plutôt 78 ?…

Bon, de toute façon, Nestor n'a pas
le cœur à la fête cette année.

Assis sur son lit, entouré de tous ses compagnons,
Nestor se dit qu'**une simple fête de peluches** lui conviendrait tout à fait.

– Toi, Igor, te sens-tu seul, parfois ? demande le petit garçon.
Tu es le seul reptile parmi mon groupe de doudous tout doux.

Bien qu'il soit le plus petit du lot, Igor est le préféré de Nestor. Son dos est couvert de paillettes réversibles qui lui permettent de changer de couleur selon son humeur.

S'il affiche son côté Vert, Igor peut se camoufler parfaitement dans les draps moelleux de son habitat naturel.

S'il choisit le côté arc-en-ciel, il est flamboyant et visible parmi toute cette collection d'animaux géants.

– Moi, je me sens seul, parfois, même avec les 18 amis de ma classe, confie Nestor. Heureusement, comme maman et papa, Madame Sophie sait lire dans les yeux des enfants. Je crois que c'est **un super pouvoir** que certains adultes possèdent.

L'autre jour, l'enseignante de Nestor a vite compris en le regardant dans les yeux que **quelque chose n'allait pas**.

Nestor se sent différent des autres garçons de sa classe.

Il adore le coin des cubes en bois et des camions, mais également celui du bricolage, et surtout, **le magnifique coffre de déguisements** qui déborde de robes de princesses scintillantes.

Pour le rassurer, Madame Sophie a décidé d'organiser un grand défilé. Après avoir poussé les tables et les chaises de chaque côté de la classe, tous les amis ont paradé tour à tour sur **une musique entraînante**.

Certains dansaient, d'autres **tournoyaient, couraient, sautaient...**

Le plus rigolo, c'était David.

Il avait enfilé deux robes, deux chapeaux, deux chaussures différentes et tous les bijoux qu'il avait pu trouver. Il arrivait à peine à marcher !

Tout le monde s'est bien amusé, et ce soir-là, **Nestor** s'est couché le cœur léger.

Le jour suivant, à la récréation, **Nestor** a informé ses amis que c'était ce genre de fête qui lui plairait pour son anniversaire. Une fête semblable à celle de sa cousine Anicée le mois dernier, et **aussi amusante** que leur défilé de la veille. Marion, sa meilleure amie, a tout de suite été emballée !

– **Ouuiii, Nestor !** Je mettrai ma longue robe de sirène turquoise et mes ongles bleus comme la mer. Nous pourrons costumer tes peluches, et tu pourras mettre **ta robe jaune qui virevolte** lorsque tu danses.
– Tu as une robe jaune ? s'est moqué Timothée.
– Tu devrais plutôt faire une fête de dinosaures comme l'an dernier, a proposé Maxence, l'air inquiet.
– Moi, si tu m'invitais, je viendrais, a dit timidement Zachary.

Nestor s'est empressé d'expliquer que la robe jaune était à sa sœur et que tout cela n'était qu'une blague, qu'il n'avait pas encore décidé de la thématique de son anniversaire.

– À ta sœur ? Mais tu n'as pas de sœur, Nestor ! a lancé Marion.
– Je n'aime pas qu'on se moque de moi. **Laisse-moi tranquille !**

Sa maman a beau répéter à Nestor qu'il peut aimer ce qu'il veut et être ce qu'il veut, que **l'important, c'est de toujours suivre son cœur**, Nestor ment parfois au sujet de ses goûts, de ses préférences, de ses jouets.

C'est que Nestor a
un cœur rouge et or…

– Je suis comme toi, Igor.

Du côté rouge,
mon cœur
est souvent
heureux, mais
très silencieux
et semblable à
tous les autres
cœurs.

Du côté or,
il bat très fort,
il brille et il aime
sans limites.

C'est ce que le papa et la maman de Nestor lui répètent souvent.

– Tu aimes les princesses, alors, sois une princesse.
Tu aimes les dragons, alors, sois un dragon !
– Tu adores le rose ? Peignons ta chambre en rose. Tu aimes aussi le vert ? Allons-y pour des draps verts ! **Pourquoi pas ?**
– J'aurai une chambre pastèque !

Nestor se considère très chanceux de pouvoir **faire les choix qui lui plaisent.**

Qui a un jour décidé que certains jouets, certaines couleurs, certains métiers devaient être réservés aux filles, et d'autres, aux garçons ?

– Nous n’avons pas tous les mêmes goûts, dit papa, mais nous devons respecter les préférences de chacun. Si le rose est joli pour toi, il l’est donc aussi pour moi !

Mais, malgré tout,
Nestor se sent souvent tiraillé…

Chez Marion, qui est aussi
sa voisine, il se sent comme
à la maison. La maman de son amie,
Isabelle, est douce et attentive.

Une fois, elle les a aidés
à se confectionner de **magnifiques**
diadèmes.

Souvent, à l'heure
de la collation, **un joli
monstre** apparaît
dans leur assiette
de crudités.

Chez ses cousins
Anicée et Eli,
c'est la même
chose.

Tante Maryse et
oncle Seyram
veillent toujours
à ce que **Nestor**
se sente bien.

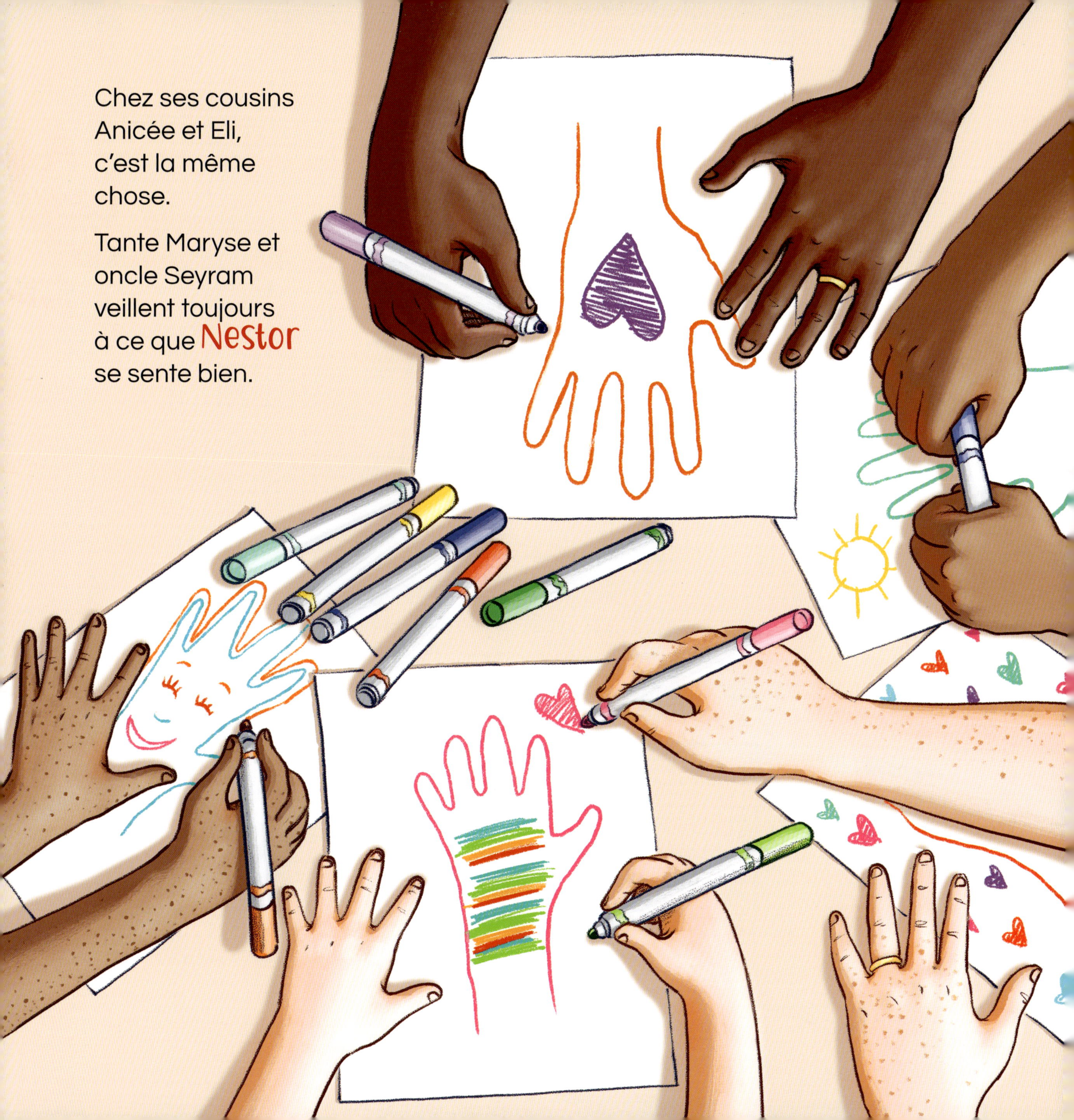

Il arrive toutefois que **certaines situations bouleversent l'enfant.**

Un jour, chez Maxence, son ami et lui ont peint leurs ongles de toutes les couleurs, avec l'aide de la grande sœur de son copain.

Ils se sont tous les trois fait gronder par le papa de Maxence, qui n'était pas content du tout.

Selon lui, le vernis à ongles est réservé aux filles.

– Tu comprends mieux, maintenant, pourquoi je n'ai pas trop hâte d'être à ma fête d'anniversaire, cette année ? dit Nestor à sa peluche. **C'est difficile de plaire à tout le monde…**

Nestor a bien aimé sa fête de l'an dernier, sur le thème des dinosaures, tout comme celle de Zachary, placée sous le signe des ninjas.

Par contre, cette année, il a envie d'**une fête en or** ! D'une fête en musique, avec des objets qui scintillent, des princes et des princesses, des théières et des chandeliers animés qui s'amusent comme dans son conte favori.

– Nestor, c'est l'heure de dormir ! Dis bonne nuit à Igor et à tous tes autres compagnons, propose maman.

Nestor s'engouffre sous ses couvertures de flanelle. Bien au chaud et presque enseveli sous **ses nombreuses peluches bienveillantes**, il s'endort après la ronde de bisous-câlins de papa et maman.

Dans les jours qui suivent, Nestor
confie à sa maman toutes les questions
qui s'entremêlent dans sa tête,
tous les goûts qui
se mélangent
dans son cœur...

Ce cœur rouge et or
qui ne sait plus trop
sur quel rythme
danser.

– Mon bel amour, tu t'inquiètes beaucoup, du haut de tes 5 ans ! Tu sais,tous les enfants se sentent parfois différents des autres. **En grandissant, tu apprendras à être fier de tes particularités !** Si toutes tes peluches étaient semblables, est-ce que tu les trouverais aussi amusantes ?

– Non, je les trouverais ennuyeuses !

– Eh bien voilà, tes différences te rendent tout, sauf ennuyeux !

À chacun ses goûts pour s'amuser comme des petits fous !

– Et si on organisait la fête dont tu rêves, pour te faire plaisir à toi ?
– Je serais TRÈS content, mais que diront mes amis ?
– Et si on n'invitait que des gens qui s'amuseront autant que toi à cette fête ? Chaque anniversaire est différent, les invités peuvent l'être aussi. **C'est TA Journée.**
– Marion, sa maman Isabelle, tante Maryse, oncle Seyram, Anicée et Eli ! FACILE, six invités **CON-FIR-MÉS** !!! s'écrie Nestor haut et fort.

Tout est enfin prêt pour la fête de demain. Au pied du lit de Nestor, parfaitement disposés, se trouvent sa robe jaune, un collier de perles de sa maman, son bouclier doré et ses baskets blanches.

Bien que l'ensemble soit un peu dépareillé, **c'est ce qu'il a envie de porter**.

Sur sa table de chevet, sept diadèmes prêts à **scintiller** sur la tête de chacun de ses invités et sur la sienne, en guise de chapeaux d'anniversaire.

DING, DONG !

– MAMAN, PAPA, tout le monde arrive
en même temps !

Les invités ont pris la thématique
très au sérieux. Nestor n'en croit pas ses yeux.
Tout le monde s'est surpassé !

Sirène Marion est très élégante
dans sa robe turquoise
BEAUCOUP trop longue, tandis que sa maman, théière Isabelle,
doit se remuer dans tous les sens avant de réussir enfin à s'asseoir.

Eli et Anicée forment un joli duo de prince et de princesse, alors que Maryse porte un costume de chandelier… dans lequel elle a plutôt l'air d'une serpillière orangée, ce qui fait bien **rigoler** tout le monde.

Le plus surprenant, c'est Seyram.

Les yeux scintillants, Nestor s'empresse de questionner son oncle.

– Où as-tu trouvé une aussi belle robe et cette longue perruque blonde ?
– Je les ai achetées SPÉCIALEMENT pour cette grande occasion.
– Juste pour ma fête ?
– Bien sûr ! Ce n'est pas tous les jours que j'ai la chance de mettre un si beau costume !

Un immense sourire
aux lèvres, Nestor
saute dans les bras
de son oncle.

Enfoui au creux
de sa poitrine,
l'enfant sent
maintenant
les battements
de **son propre
cœur or.**

Ce soir-là, Nestor sait qu'il va faire de très beaux rêves, et il espère revivre en songe quelques moments de sa fête enchantée.

Avant de s'endormir, il raconte cette journée mémorable à ses amis douillets.

Nestor comprend maintenant que les gens qui l'entourent et qui l'aiment vraiment feront toujours battre très fort son cœur rouge et or !